# MORTOS NA ESTOFARIA

## Christian David
# MORTOS NA ESTOFARIA

1ª edição / Porto Alegre-RS / 2018

Capa, ilustração e projeto gráfico: Marco Cena
Revisão: Bianca Diniz
Coordenação editorial: Maitê Cena
Produção editorial: Bruna Dali e Jorge Meura
Produção gráfica: André Luis Alt

Dados Internacionais de Catalogação na Publicação (CIP)

---

D249m David, Christian
       Mortos na Estofaria. / Christian David. – Porto Alegre:
    BesouroBox, 2018.
       64 p. ; 14 x 21 cm

    ISBN: 978-85-5527-078-9

     1. Literatura brasileira. 2. Conto. I. Título.

                         CDU 821.134.3(81)-31

---

Bibliotecária responsável Kátia Rosi Possobon CRB10/1782

Copyright © Christian David, 2018.

Todos os direitos desta edição reservados a
Edições BesouroBox Ltda.
Rua Brito Peixoto, 224 - CEP: 91030-400
Passo D'Areia - Porto Alegre - RS
Fone: (51) 3337.5620
www.besourobox.com.br

Impresso no Brasil
Junho de 2018

# SUMÁRIO

PRÓLOGO ........... 7

MORTE 1 ........... 11

INTERMORTE ........... 21

MORTE 2 ........... 23

INTERMORTE ........... 29

MORTE 3 ........... 31

INTERMORTE ........... 39

MORTE 4 ........... 41

INTERMORTE ........... 51

MORTE 5 ........... 53

EPÍLOGO ........... 61

# PRÓLOGO

A funerária Repouso Eterno era, infelizmente, bem popular há cerca de vinte anos. As pessoas morriam e eram muito bem tratadas, algumas pela primeira vez, assim que chegavam à funerária. Tratamento VIP para todos os clientes, era o que viviam dizendo, sem trocadilho infeliz, os donos do estabelecimento, e sem cobrar um tostão a mais por isso, completava Machado, funcionário exemplar da empresa. Machadão já tinha uma certa idade, mas era ágil e ativo no preparo e vestimenta dos corpos. Os parentes percebiam que, além dessas qualidades, o funcionário amava o que fazia e cuidava com sensibilidade e ternura dos entes queridos que haviam partido. Neste lado da vida já fiz minha parte, dizia ele, criei meus filhos com boa educação e faço meu trabalho com dedicação, e, quando chegar do outro lado, quero ser bem tratado lá também. Com certeza era um jeito estranho de pensar, mas cada um sabe de si, e o Machado continuou cuidando dos corpos por longos anos.

Até que um dia chegou a vez do Machado. Morreu dormindo, com um sorriso no rosto, e foi enterrado com honras tanto pelos outros funcionários e pela família quanto por alguns clientes antigos. Vários conseguiram estar presentes no velório e enterro do seu Machado deste e do outro lado do véu. Foi recebido com alegria no além e seguiu seu caminho. A essa altura, a fama do seu Machado já era bem conhecida e a funerária era referência para os espíritos que ainda procuravam o caminho para a próxima etapa; o fluxo além-véu passava por ali como se fosse por um posto de informações.

Com a passagem do Machado, porém, os negócios começaram a piorar e a funerária foi minguando até que faliu. Não que as pessoas estivessem morrendo menos, na verdade, nunca se morreu tanto, e não só de doença, mas o Machadão era a estrela da firma, que, sem ele, passou a ser mais uma entre tantas. Alguns meses depois, estabeleceu-se no mesmo lugar uma estofaria. Apesar disso, muitos falecidos, antes de seguirem adiante, ainda eram atraídos para aquele prédio meio que por instinto ou porque tinham achado algum panfleto antigo de autoajuda no além indicando aquele lugar. Os donos da estofaria tinham mil planos, mas pouco dinheiro, e tentaram reaproveitar ao máximo toda a estrutura da empresa que antes ocupava o local. Talvez também por isso o prédio tenha conservado o charme e *status* especial do "outro lado". Mantiveram a placa original da funerária e só pintaram a parte do letreiro que dizia "eterno" desenhando um sofá por cima. Ficou sendo, portanto, Estofaria Repouso, e a mal desenhada figura do sofá logo na fachada.

O bom disso tudo é que, no final do dia, quem ainda não tivesse seguido seu caminho no além tinha muitos lugares para sentar e conversar sobre a vida e a morte. Poltronas, sofás, cadeiras de todo o tipo e até um caixão abandonado tinham ficado por ali. Conforto para quem era – ou estava – leve de corpo, mas, provavelmente, pesado de espírito.

É nesse cenário que encontramos seis espíritos desconfiados (quem não ficaria?) e um pouco desorientados. Dizem as além-línguas que conversar é sempre bom numa hora dessas, e era o que se ensaiava enquanto caía a noite e os recém-chegados encontravam um sofá ou poltrona para se acomodar.

– Nós formamos um grupo muito estranho – disse o sujeito bem sentado na confortável poltrona de couro.

– Eu não conheço vocês e não formo grupo com ninguém, nem sei por que estou aqui. – Este se afastava e retornava para um mesmo canto da sala.

– Pois eu acho que nós podíamos aproveitar o tempo e o lugar agradável para nos conhecermos melhor – disse a moça com rosto simpático que ocupava um lado do sofá azul de muito mau gosto.

– Concordo! – falou a jovem ao lado dela.

– E eu gostaria muito de ouvir as histórias de vocês, afinal, não é todo dia que se fala com pessoas recém-falecidas – disse um rapaz que estava em uma cadeira afastada no canto mais escuro.

– Eu nunca gostei muito de gente viva, não sei por que gostaria de gente morta. Minha única intenção ao andar acompanhado era a de ser servido e elogiado, venerado até. Mas, se vocês quiserem, eu conto como cheguei aqui – falou o sujeito inquieto sentando-se em uma poltrona perto dos outros.

Quatro deles se voltaram para o sujeito arrogante. Apenas a senhora idosa que, imóvel em uma cadeira de balanço, parecia dormir, com o rosto sereno, permaneceu impassível, e o sujeito continuou:

– Meu nome é Bruno. Não sei quanto tempo rodei antes de chegar neste lugar, o tempo parece passar diferente por aqui. Minha história não é para quem é fraco de coração ou muito impressionável, mas, visto que já andamos vendo coisas terríveis nesta vida de morto, vou contar para vocês o filme de terror que foram meus últimos momentos de vida...

# MORTE 1

Foi um choque quando ele viu aquele lançamento na Feira do Livro. Seu amigo, seu melhor amigo, tinha tido o descaramento de roubar a sua ideia e ainda convidá-lo para a sessão de autógrafos. Mas, diga-se a verdade, foi muito mais do que uma simples sessão de autógrafos; era uma grande festa, bebida e comida à vontade, amigos de ocasião transbordando pelas saídas, fotógrafos, imprensa local e até nacional, comprada, obviamente, fazendo a cobertura e manchetando "o novo talento surgido em Porto Alegre". O amigo, falso amigo, percebia ele agora, era endinheirado, sempre quisera ser escritor, mas lhe faltavam ideias e persistência para traduzir a inspiração, que vinha sempre incompleta ou inócua, em palavras ordenadas coerentemente a ponto de formar um texto agradável. A persistência do amigo era novidade pra ele, mas a ideia ele sabia bem de onde vinha. Era sua, muito sua, totalmente sua, e ele havia segredado ao amigo, numa das muitas noites vagabundeando pela cidade e bebendo cerveja, a história toda, começo, meio e fim. Até mesmo como ele pretendia que fosse a narrativa, o desfecho final com um toque de surpresa, com aquele clímax inesperado que fechava o texto com um toque de genialidade. Não sabia ainda se seria um conto ou uma novela, talvez até um romance, se colocasse alguns relatos paralelos de acontecimentos importantes para contextualizar a história e fazê-la transcender a narrativa principal. Mas Bruno, seu pretenso amigo, havia decidido por ele; transformara a ideia em uma novela juvenil aparentemente muito bem escrita, pelo que ele havia percebido folheando as páginas do bonito exemplar que tivera de comprar. Isto mesmo, Bruno sequer havia lhe dado um exemplar de graça ou uma menção nos agradecimentos. Era um Zé Ninguém, mais um na festa que marcava o início da carreira de Bruno Belaqua, o novo talento literário do Sul. Agora, além de rico e bem-apessoado, Bruno tinha, segundo diziam, um futuro brilhante. E ele, pobre, com um nariz torto e muito acima do peso, era só mais um Zé sem futuro nenhum. Seu nome lhe era bem apropriado mesmo, José Luís Silva, o Zé Ninguém da história.

Ficou um bom tempo afogando as mágoas na bebida, que corria livre, buscando uma cadeira confortável para sumir e babar em paz, cultivar seu ressentimento e destilar seu veneno. Que viria. Sim, decidiu, depois do terceiro *whisky*, que faria algo. Encontrou, largado em um sofá, alguém que parecia tão miserável quanto ele. Resolveu tentar uma conversa só para passar o tempo. O homem, assim como ele, fazia parte dos enganados e traídos por Bruno. Era também escritor. Havia começado o livro em parceria com Bruno; entrara com o trabalho braçal da escrita e o outro, com a ideia, a linha narrativa, a revisão e a grana para transformar o texto em objeto comercial. Em livro. No livro que colocaria os dois no mapa da literatura nacional. À medida que o texto ia se desenvolvendo, em vez de feliz, Bruno ia ficando mais irrequieto, desconfiado e reservado. Até o momento em que revelou o que pretendia. Não tinha intenção de colocá-lo como coautor; pagaria alguma boa soma para Valdemar pelo seu serviço de *ghostwriter*, mas seu nome não apareceria nos créditos, o mérito seria só dele, só de Bruno. Valdemar nem era nome de escritor, dizia ele, e, além do mais, a ideia era dele mesmo. Valdemar só havia afixado sua genialidade no papel.

À medida que José ia ouvindo a história do homem, em vez de furioso ou ainda mais indignado, acabou ficando aliviado. O "novo talento" era um canalha mesmo, não havia sido algo dirigido somente contra ele. A canalhice era geral. Aquilo devia parar. Podia ser um Zé Ninguém, mas iria confrontar Bruno.

Conforme a noite passava, o lugar ia se esvaziando, a noite ia se adensando, mas Bruno continuava com aquele sorriso debochado no rosto. Já meio alto e com a barriga cheia – a comida era realmente boa –, conseguiu uma brecha por entre o séquito que cercava o falso escritor e sentou-se ao seu lado, na mesa de autógrafos.

Bruno, inicialmente, não tomou conhecimento da presença do amigo, mas, diante da insistência de José em chamar sua atenção, precisou registrar sua presença.

– Gostando da festa? – perguntou Bruno.

– Podia ser melhor, se eu tivesse encontrado algum amigo nela – respondeu José.

– Entendo. Mas pelo menos admita que a comida e a bebida são de ótima qualidade. O melhor que o dinheiro pode comprar.

– Sim. O melhor que o dinheiro pode comprar. Mas dinheiro não compra talento.

– Às vezes compra. Compra e paga. É isto que você quer, dinheiro?

– No momento, só queria reconhecimento, mas, depois de tudo que vi e soube, acho que isso não vai acontecer.

– Ok, quanto?

– Olha, você tá parecendo um vilão daqueles filmes de espionagem falando desse jeito. Não é questão de dinheiro. Quero que você admita que a história é minha.

– Nós dois sabemos de quem é a história. Não é suficiente?

– Publicamente! – disse José em tom mais elevado, o que fez com que as atenções se voltassem para a conversa dos dois.

– A inveja é um pecado grave, sabia? Conforme-se que eu tenho talento para escrever e você não.

Para todos os fiéis seguidores de Bruno, realmente pareceu que José fazia papel de parvo invejoso naquele momento, e risos debochados começaram a surgir por todo lado.

– Não é inveja, não distorça as coisas!

– Olha, José, não é que eu não goste de você, até já o considerei um amigo, tanto que você recebeu o convite para esta festa de lançamento, mas, convenhamos, talento não é o seu forte. Talvez talento para ser invejoso você tenha – disse, já entre risos. E, nesse momento, para completar o quadro de humilhação que Bruno pintava, ouviu-se um ronco constrangedor vindo do estômago de José, coisa que Bruno não podia deixar passar. – E, já que estamos falando em pecados capitais, com esse seu barrigão, você também deve ter talento para a gula. Aliás, continue comendo da minha comida, pois isso você faz bem. Vamos fazer assim: eu continuo aqui, autografando meus livros, e você come o quanto conseguir, eu banco tudo que descer por essa sua bocarra inútil.

Só o que José ouviu foram os risos humilhantes por todo lado. Achou que tinha capacidade para confrontar Bruno, mas o homem tinha experiência em mentir, enganar e humilhar as pessoas. Como ele nunca tinha percebido isso?

Enquanto saía do ambiente, ainda ouviu Bruno dizer:

– Eu demorei sessenta dias para escrever esse livro, por isso, desafio você a comemorar esse meu feito comendo uma fatia de torta para cada dia em que trabalhei. Como sempre, enquanto você come, eu trabalho.

Risos e mais risos acompanharam a retirada humilhante de José, que sentiu-se arrasado. Se tivesse uma arma, a teria descarregado ali mesmo, no peito de Bruno, ou em sua própria cabeça, se isso fosse possível.

Desceu um, dois, três lances de escada e se viu em um porão escuro. Naquele lugar abandonado, chorou

como não fazia desde criança, quando tinha medo, quando orava desesperadamente para que o medo e a dor se afastassem dele. E, quando percebeu-se, orava de novo, mas, desta vez, com desejos de vingança e ódio. Com desejos de vingança, ódio e, como acusavam os urros constantes da barriga, com muita fome.

As lágrimas transbordavam e as súplicas se sucediam. Até que algo respondeu. Algo que aguardava nas sombras moveu-se com satisfação. Algo que gostava de ódio, de vingança e tinha fome.

Um arrepio tomou conta de José, que se viu sorrindo.

Rapidamente, José subiu as escadas. A urgência de voltar à festa era assustadora. Entrou no salão sentindo-se renovado. E faminto. Dirigiu-se à mesa de autógrafos, encarou Bruno novamente e disse somente uma palavra:

– Topo.

Agarrou a primeira torta, ainda inteira, que viu pela frente e enfiou grotescamente boca adentro. Um silêncio começou a formar-se conforme as pessoas iam percebendo o que acontecia.

Pratos de salgadinhos e doces começaram a sumir de maneira dantesca bocarra adentro de José. Inicialmente, a deglutição, ainda que nojenta e absurda, se baseava nas regras normais da fisiologia humana, mas, aos poucos, para espanto e horror dos

## MORTOS NA ESTOFARIA

participantes, o rosto de José assumiu conformações estranhas; era um conjunto de bocas e vísceras e líquidos regurgitados e engolidos novamente.

A multidão começou a entrar em pânico e a correr em direção à porta. Após dois ou três conseguirem sair, José alcançou a saída e impediu o acesso a ela. Fechou com um estrondo a pesada porta de madeira de lei, girou a chave na fechadura e fez que "não" balançando o indicador enquanto a baba lhe escorria pelo queixo disforme. Levou, então, a chave até a boca e a fez cair naquele abismo de fome.

Alguém metido a herói tentou acertar José com uma cadeira; virou um herói sem cadeira e, em seguida, sem braço, sem cabeça e sem tronco. O par de pernas ficou solto no meio da sala com marcas de dentes no alto da coxa.

Em seguida, a multidão reagiu como toda multidão reage, pisoteando-se e aglomerando-se em possíveis saídas. E o ajuntamento de pessoas tornou a vida da fome de José ainda mais fácil. Cabeças eram mais crocantes e tinham um recheio maravilhoso. Braços e pernas, ótimos com seus músculos rijos e suculentos. Mas eram as entranhas que faziam a bocarra da fome de José salivar.

Já com a barriga maior do que nunca e coberto por fluidos variados, José chegou junto à mesa de autógrafos. Bruno havia vomitado de medo e, provavelmente, expelido outros fluidos tão mau cheirosos quanto, mas ainda teve a capacidade de dizer:

– Eu sabia que você não tinha talento algum. Nem isso você fez direito, deixou que três escapassem.

– Eu só queria cumprir o seu desafio à risca. Foram sessenta os que ficaram – respondeu José.

E comeu ele de uma mordida, sem deixar que um só fio de cabelo se perdesse.

# INTERMORTE

– Nossa! Fiquei toda arrepiada! Mas bem que você mereceu – disse a moça simpática com um sorriso no rosto. – Você foi muito egoísta mesmo. Comigo, a coisa foi diferente. A vida me aprontou demais! Vim pro lado de cá sem ter a mínima culpa ou merecimento.

– Olha, nunca fui religioso, então, esse papinho de culpa e merecimento não cola comigo. Só tive foi muito azar. Aquele tipo de coisa não acontece com qualquer um. Não quero nem saber de onde aquela entidade surgiu pra acabar com a minha festa.

– Tá, e o seu amigo José, o que aconteceu com ele? – falou o sujeito na poltrona de couro.

– E eu sei lá! A última imagem que tenho dele não é das mais agradáveis, e prefiro esquecer. Mas acredito que não durou muito depois de tudo que comeu.

– Certo. Mas eu, que acredito nisso de culpa e merecimento, quero contar a minha história, só pra vocês verem que não é certo eu estar aqui. Fui e sou a mais inocente das pessoas. Minha história é mais curta, mas igualmente trágica e de um outro tipo de terror. Olha só que injusto o que me aconteceu...

## MORTE 2

Hoje vou ao teatro. Eu não sabia que existia um lugar assim, tão mágico! O Souza nem lembra, ele não é homem de dizer que lembra desse tipo de coisa, de que foi aqui na escadaria da entrada que me viu pela primeira vez, tanto que nem lembra que hoje é o aniversário desse nosso primeiro encontro, mas é homem bom, que me dá liberdade, ou, pelo menos, que não me controla o tempo inteiro, é homem bom, mais do que eu podia imaginar encontrar assim que cheguei do interior. É homem bom, sim. E hoje vai ficar feliz quando eu comprar pra nós aquele mesmo pedaço de torta que dividimos ali no Café do Foyer do Teatro São Pedro. Mas, desta vez, levo um pra cada. A vida tem sido generosa conosco.

Ela disse que ia ao teatro, eu ouvi muito bem, ao teatro, provavelmente se encontrar com algum sujeito. Só pode ser isso. Quem ela pensa que é? Eu sou o marido, ela é minha esposa, eu mando, ela obedece. Teve a chance de não casar, não teve? Mas, agora que casou, que aguente, eu mando, ela obedece. Levo a faca só por precaução, e é uma faquinha pequena, quase não faz estrago, se eu fizer o negócio direito, vai ser só uma dor aguda e um pouco de sangue, nada que deixe sequelas, mas a faca é só precaução. Não sei o que ela vê nessa casa metida a besta. Esse lugar suntuoso cheio de cortinas e tetos altos. Vou lá só pra dar um susto, mas, se pego ela com outro, aí não sei o que faço, ela é minha esposa, pôde dizer não, não pôde? Agora é assim, eu mando, ela obedece.

É uma pena o Souza ter esse jeito meio bruto que herdou do pai, bruto, mas inofensivo. Tirando aquela vez que tomou umas doses a mais, nunca me fez mal, sempre me tratou com decência. E o melhor, quase nunca é ciumento, o que é uma grande coisa pra mim, que adoro conversar e bater papo com quem aparecer no caminho. E a cara feia dele é só emburramento de bronco mesmo, mas inofensivo, eu acho, quase sempre. Achei ele meio emburrado quando liguei pra cafeteria pra ter certeza de que eles iriam ter a torta hoje. Mas é só cara feia, penso eu, não é de coração. Gosto dele assim mesmo, só queria que a gente se comunicasse um pouco melhor, sabe como é, falar mais o que tá pensando, nem falo de sentimento, porque disso sei que o Souza não fala mesmo, mas conversar um pouco mais, bem que faria diferença no nosso casamento.

Ela deve estar por aqui. Ah, se eu pego a Ruth sequer conversando com alguém! Ela acha que eu não sei, mas esse jeito misterioso dela sair de casa hoje de manhã, esse telefonema sussurrado em que ouvi o cochicho do encontro no teatro, isso tudo tem cheiro de traição. E ninguém apronta comigo, ainda mais a Ruth, que me deve, e deve muito. Só ela mesmo pra me fazer voltar naquele lugar, naquele lugar onde passei a humilhação de ter que dividir uma fatia de torta com ela, nem dinheiro pra duas eu tinha, queria esquecer aquele dia, aquela vergonha, espero que ela tenha esquecido, mas se ela se encontrar com outro em plena luz do dia e à vista de metade de Porto Alegre, nada vai salvar aquela traidora. Tanto faz qual lembrança ela vai levar pro túmulo.

Saí tão depressa, preocupada em fazer essa surpresa pro Souza, que nem percebi o pouco dinheiro

## MORTOS NA ESTOFARIA

que tinha na carteira, abençoada a tecnologia que nos permite pedir socorro pelo celular com meia dúzia de toques. Uma passagem de ônibus e duas fatias de torta e se foi o dinheiro embora, mas o Marquinhos logo vem me pegar de carro, o sobrinho preferido do Souza acabou de ganhar um carro do meu cunhado, usado e popular, mas novinho, e eu sabia que ele não ia me deixar na mão. Olha lá o menino, radiante com o carro novo! Desce, rapaz! Tira uma foto minha aqui na escadaria. Teu tio vai ficar feliz de me ver dez anos depois exatamente no mesmo lugar em que me conheceu!

Lá está aquela traidorazinha sem-vergonha rindo com o amante, rindo de mim, com certeza, com um riso que já não vejo há anos, logo de mim, que tanto fiz por ela, que casei com ela mesmo sabendo que era essa mambira do interior deslumbrada com a capital. E agora ela marca encontro no teatro? Como se quisesse jogar na minha cara que casou com um ignorante subempregado que nem pagar uma fatia de torta inteira é capaz. Ah, mas eu pego ela, pego ela e aí ela vai ver esta faquinha de perto, e vai ficar sangrando aí na escada feito a porca que é.

Olha, eu não estava bem prestando atenção, só vi assim, meio de relance. Depois do primeiro grito é

CHRISTIAN DAVID

que tudo parou mesmo e ninguém teve coragem nem de respirar. A moça ali estava conversando com o rapaz, pelo que vi, e esse outro sujeito nem deu tempo dela se virar e enfiou alguma coisa nas costas da pobre e a moça desabou no chão. Só quando o homem olhou bem pro rosto do rapaz e pra moça amassando o que parecia ser um pedaço de torta com o corpo já quase sem vida desabando no chão é que trocou o sorriso por aquele esgar terrível que eu espero nunca mais ver em outra pessoa. Por isso que eu digo que o motorista do táxi não teve culpa nenhuma quando atropelou o homem, ele estava sofrendo mesmo, parecia um cachorro enxotado, sabe, saiu assim, correndo como quem quer sumir ou fugir de si mesmo e foi logo pro meio da rua. Mas o menino ali que falava com a moça talvez possa explicar tudo melhor, com mais coerência, assim que ele parar de chorar. Coitado desse rapaz. Uma imagem dessas demora na vida da gente.

# INTERMORTE

– Perceberam que as histórias de vocês dois têm fatias de torta? "O peixe morre pela boca" é um ditado que cabe neste momento – falou o rapaz sentado na cadeira mais distante.

– Não é o caso de ser engraçadinho – disse Ruth.
– Foi uma injustiça sem tamanho!

– A vida é cheia de injustiças, mas, no final, as coisas fazem sentido – falou, de repente, a senhora idosa que parecia dormir. – E já que vocês falaram em tortas e doces, vou contar a minha história, ou melhor, da minha neta que permanece lá no mundo dos vivos. Na verdade, é só por isso que ainda estou aqui, eu precisava enviar uma mensagem para ela, mas agora que já deixei as coisas arrumadas, logo sigo meu caminho. Para que vocês saibam: eu morri dormindo e sem nenhuma dor. Quem ficou sofrendo foi a coitada da Vitória. A menina até anotou a experiência no diário! Quem é que escreve diário hoje em dia? Essa moça é especial mesmo. E é nas palavras dela que conto esta história, tenho certeza que é isso que leríamos se déssemos uma espiada lá...

# MORTE 3

As tragédias nunca aparecem sozinhas na vida da gente.

Há mais de um ano deixei Bagé em direção à capital para realizar um sonho que vinha nutrindo há muito tempo: estudar na Universidade Federal e ser a primeira mulher da família a poder dizer que tinha curso superior. Era um sonho partilhado com todos, mas principalmente com minha avó, que foi sempre minha maior incentivadora. Ela mesma havia acalentado esse desejo quando jovem, porém as dificuldades da vida no interior e o preconceito com o estudo, visto como algo inapropriado para mulheres na época dela, acabaram por fazer com que ela ficasse na fazenda e desenvolvesse outros dons considerados mais decentes para donas de casa. Virou uma doceira de mão cheia. Minha infância foi povoada de quitutes e receitas, de panelas cheias e encomendas urgentes. Foi uma infância farta, se não de dinheiro, pelo menos daquilo que à infância importa: doces, avós e uma vida de brincadeiras. Minha avó Scyla, logo apelidada de Docila pelos netos, pseudônimo adotado também pelos clientes, era famosa pela perfeição das receitas e pela esmerada execução das mesmas. Sempre tive dificuldade em experimentar doces em qualquer outro lugar que não a casa de minha avó. Qualquer outro parecia tão pior, tão malfeito que me decepcionava as papilas gustativas já na primeira mordida.

Passados seis meses de capital, recebi a notícia fatídica: minha avó havia falecido de um ataque cardíaco fulminante. Peguei as minhas tralhas mais importantes, soquei numa bolsa de viagem e me joguei em um táxi em direção à rodoviária de Porto Alegre. Comprei passagem para o primeiro ônibus disponível e fiquei me remoendo de angústias e desassossegos em uma poltrona que parecia pequena para conter a minha ansiedade enlutada. Quisera eu nunca ter vindo para a capital! Teria desistido ou adiado qualquer sonho para acompanhar os últimos seis meses de vida da minha avó. E vinha assim, cheia de remorsos e

## MORTOS NA ESTOFARIA

desconsolos, quando, em uma curva malfeita e na velocidade acima do permitido, velocidade que eu havia achado perfeita, vi tombar meu ônibus e, mais uma vez naquele dia, meu mundo ficar de pernas para o ar. Tive uma forte batida na cabeça e pensei, até com certo alívio, que reveria logo minha avó do outro lado. Mas a batida não teve a força de me transpor o véu, somente de me desmaiar e me fazer perder o velório e o enterro de minha avó. Passei dois dias no hospital, desacordada, alternando sonhos bons e maus. Até que acordei com o mundo ainda escuro para mim. Pedi que acendessem a luz. Depois de certo silêncio constrangedor, me informaram que estava acesa. Os médicos disseram que se tratava de uma cegueira temporária devido ao trauma da batida decorrente do acidente do ônibus ou a alguma forte emoção recente. Era bem possível, pensava eu, que as duas causas concorressem para meu infortúnio, mas, se era temporário, eu esperava que passasse logo. Sentia-me seca por dentro, morta, não sentia dor, nem raiva, nem tristeza, aquela angústia que me tomara quando do recebimento da notícia parecia ter morrido junto com minha visão, eu só esperava que tudo isso não retornasse de braços dados para a minha vida.

Fiz questão de voltar o quanto antes para a capital. Meu irmão, que regulava de idade comigo, com apenas um ano a menos, em vista de minha insistência de voltar o mais rápido possível para Porto Alegre, decidiu me acompanhar até que eu retomasse minha vida e a capacidade de tomar conta de mim mesma. Descemos na rodoviária de Porto Alegre cinco dias depois do falecimento de minha avó. Eu vinha guiada pelo braço de meu irmão, tateando os passos e a vida, quando senti um odor conhecido dominando o ar e vindo de algum lugar próximo. Em outro momento, eu diria ser impossível sentir aquele odor naquela hora por dois motivos: primeiro, por ser o cheiro adocicado da especialidade da minha avó falecida, mas não qualquer odor doce, e sim exatamente o modo como o doce dela cheirava, e, segundo, por não ser um aroma marcante para a maioria das pessoas e nem mesmo para mim, mas aquele cheiro de quindim recém-feito e pronto para ser degustado invadia minhas narinas e me deixava com água na boca. Estanquei na porta de um bar nas proximidades da Casa dos Estudantes da UFRGS, não era dos mais bem frequentados, mas, àquela hora do dia, devia ser inofensivo. Meu irmão me guiou, desconfiado, e entramos. Fomos até o balcão comigo farejando o ar como um cão perdigueiro, meu irmão completamente constrangido com a cena que eu consegui imaginar atrás dos óculos escuros que usava. Sentei-me e pedi, meio gaguejante, um quindim. Meu guia segredou-me que não garantia ou recomendava a higiene do lugar, mas insisti, um quindim, sem mesmo saber, apesar da pista do cheiro, se havia disponível o doce no bar. Minhas papilas

gustativas ansiavam pelo prazer que os doces de minha avó proporcionavam e eu temia por uma nova decepção ao provar os doces de outros. Criei coragem e dei a primeira mordida.

Alguém parecia conhecer com minúcias a receita da minha avó. Reparei logo na consistência rija da massa que eu não via, mas sentia amarela na minha língua, uma rigidez viscosa e com aquela fina camada superior de uma frescura leve e ligeiramente mais líquida que o resto. Agora eu temia que as lágrimas que rolavam prejudicassem o sabor que eu experimentava e a experiência que eu saboreava. A doçura marcante, mas não exagerada, dando à gema do ovo a combinação perfeita de intensidade e suavidade. Minhas lágrimas se sucediam e eu procurava não engasgar ao soluçar. Meu irmão devia estar prometendo a si mesmo nunca mais sair comigo em público. Para finalizar, quase consegui ouvir minha avó me explicando a necessidade de escolher e manusear apropriadamente o côco, conseguindo mantê-lo sempre fresco e integrado plenamente ao resto do quindim, apesar de acrescentar um sabor próprio e diferenciado ao conjunto de sabores que se espera na degustação. O ponto de forno agindo perfeitamente em cada um dos elementos de forma a todos conservarem suas características por muito tempo após o doce pronto. Nesse ponto, eu já comia doce e lágrimas quase na mesma quantidade. Senti como se fosse minha avó se despedindo de mim e abençoando minha vida na capital. Ao lamber os dedos, já enxergava perfeitamente. A angústia e a tristeza haviam extravasado por meus olhos em vez de apodrecer nas minhas entranhas. Tentei a mesma experiência repetidas vezes nos anos que se seguiram na capital e na Casa dos Estudantes da UFRGS, mas nunca mais comi o quindim da minha avó, nem naquele bar de higiene duvidosa nem em qualquer outro lugar, mas o saboreei novamente diversas vezes sempre que trazia a lembrança daqueles dias angustiantes e libertadores.

# INTERMORTE

– É uma boa história, mas não é assustadora – disse o rapaz sentado na cadeira afastada.

– Eu não disse que era, nem foi minha intenção, mas contei só pra vocês saberem que nem todo mundo morre do jeito louco de vocês, e que mais sofre quem está do outro lado. Se acostumem com isso e sigam em frente.

– Sim, já sei, agora vai dizer "sigam a luz, sigam a luuuuz". Era só o que me faltava, ter que aguentar conselhos de uma morta! – falou Bruno, mas a senhora já tinha voltado ao seu estado impassível de antes, não dando importância ao chilique do homem.

– Estamos todos mortos, animal! Tanto faz de quem vem o conselho, se é que algum conselho tem valor pra nós a essa altura – disse o homem na poltrona de couro. – E, por falar em jeito louco de morrer, acho que minha história é a perfeita definição disso. Essa sim, trágica e terrível.

– Sua vida era muito louca? – perguntou a outra moça do sofá.

– Era uma vida bem normal, a loucura veio a partir de um trabalho que deixei inacabado. E acabei sofrendo em um lugar onde todos se divertem. Minha história se passou em uma piscina, e até hoje me pergunto se eu poderia tê-la evitado de alguma forma. Se vocês quiserem, eu conto também.

Diante do assentimento mudo de todos, ele começou...

# MORTE 4

Os calores dos últimos verões o tinham tornado um empresário bem-sucedido. Nunca antes construir piscinas, ainda mais em um lugar considerado frio como o sul do Brasil, havia feito tanto sucesso. Infelizmente, não tinha equipe para conseguir concluir todas as encomendas que os clientes solicitavam. Para esse cliente especificamente, para o qual se dirigia agora, havia feito a primeira parte do serviço já há sessenta dias e prometido voltar logo em seguida, mas acabara deixando o buraco onde se localizaria a piscina apenas escavado e depois sumira por todo esse tempo. E agora voltava apenas com um funcionário para terminar o serviço.

Apertou a campainha e aguardou. Quando já pensava em ir embora, um senhor abriu a porta. Parecia o homem que o contratara dois meses atrás, mas havia algo diferente no seu olhar. E talvez o cabelo desgrenhado acabasse por passar uma má impressão, mas isso não lhe dizia respeito. Desde que o homem pagasse certinho, ele acabaria o trabalho e depois tiraria suas merecidas férias. Na verdade, queria sair logo dali; o lugar, afastado mais de hora da cidade, não lhe agradava, e ainda menos nessa sua segunda vinda.

– Bom dia, senhor! Lembra de nós? Há alguns dias começamos a construir sua piscina. Pedimos desculpas pelo atraso, mas gostaríamos de retomar o trabalho, se o senhor não se importar.

– A piscina? – disse o homem, com olhar meio tresloucado. – Ah, sim, a piscina, é verdade, é preciso acabar a piscina. Um perigo a piscina daquele jeito, minha mulher sempre me lembra disso.

E fechou a porta.

Lemos não tinha bem certeza, mas tomou aquilo como uma autorização para continuar o trabalho.

Não era um trabalho fácil, mas Lemos o conhecia muito bem. Tinha de ser preciso em todas as etapas do empreendimento, precisava usar os materiais da melhor qualidade, a fim de um isolamento

## MORTOS NA ESTOFARIA

perfeito, evitando futuros vazamentos. Escolher o encanamento apropriado, do tamanho certo, para não comprometer a vazão e o escoamento. Trabalhar com calma e de forma meticulosa. Já na etapa final, colocar os azulejos de forma perfeita. Tinha orgulho de seu trabalho e era reconhecido por isso.

Ficou dias sem ver o dono da propriedade. Até que o homem apareceu por lá, e, diferentemente do outro dia, vinha bem falante e sorridente.

– Seu Lemos, queria lhe pedir um trabalhinho extra, se o senhor não se incomodar.

Algo dizia a Lemos que não atendesse o pedido daquele homem, mas sentia-se em débito com o sujeito, mesmo sem ter um motivo explícito para isso, além do atraso.

Então o homem, alegando medo de que o filho de cinco anos se afogasse na piscina, solicitou que fosse construída uma engenhosa cobertura, cheia de salvaguardas e dificuldades para ser retirada e recolocada. Seria cara e renderia uma boa grana a Lemos. Apesar da ânsia de sair dali o quanto antes, aceitou a encomenda, mesmo sabendo que precisaria ficar mais uma semana no local.

Durante a execução do serviço, o dono da casa aparecia esporadicamente com as conversas mais estranhas.

– Sabe, meu filho é uma criança muito ativa, muito esperto o menino. O senhor não se incomode se ele aparecer por aqui perguntando sobre tudo.

Ou então:

– Minha mulher está bem contente com o trabalho de vocês. Ela já apareceu hoje por aqui? Não? Deve vir daqui a pouco trazendo um lanche ou algo refrescante para beberem.

E o estranho disso tudo é que, nas quase duas semanas que já haviam se passado, nunca havia sido visto sinal de qualquer outra pessoa naquela propriedade.

No dia anterior à conclusão da piscina e da cobertura, Lemos dispensou o funcionário e permaneceu para explicar ao dono o funcionamento de todo o aparato envolvido. Estranhamente, foi convidado para jantar na casa aquela noite. Para ele, que passava dias comendo coisas mal preparadas no galpão da propriedade, era uma novidade inesperada, mas tentadora, e, sendo assim, deixou os receios iniciais de lado e aceitou com prazer o convite.

Foi um jantar estranho. Lemos esperava ver finalmente a família feliz que o homem tanto propagandeava, mas comeu uma comida fria em companhia somente do proprietário e foi envolvido nas conversas mais entediantes e estrábicas que podia imaginar.

– O cloro é uma maravilha, o senhor sabia? Usado para tanta coisa! E na piscina, então, faz milagres!

Tenho estudado um bocado esse elemento fascinante que é o cloro.

– A capacidade humana para suportar a dor é algo impressionante, não é mesmo? Já vi alguns casos de tirar o chapéu.

– Que coisa fantástica é a pele. E é um órgão, sabia? Sim, já se considera a pele o órgão mais extenso do corpo humano.

E o homem não parecia estar interessado nas respostas. Somente intercalava a mastigação com comentários desse tipo e voltava a calar-se.

Lemos teve uma noite maldormida, cheia de sobressaltos. Calafrios lhe percorriam o corpo como se as palavras sem sentido daquele homem estranho penetrassem em sua roupa e lambessem sua pele. Acordou mais cansado do que havia dormido, mas feliz porque seria o último dia naquele lugar medonho.

Conforme combinado, acordara bem cedo e esperava o futuro usuário da piscina já com as instruções finais na ponta da língua.

Apertaram-se as mãos com algum constrangimento e Lemos começou a desfilar as instruções à frente do homem, que parecia não ter noção do que ele estava falando.

– Sim, sim, seu Lemos, acho que compreendi tudo. Vamos à minha casa para eu assinar logo o cheque.

Daquele momento, tudo o que Lemos teve capacidade de reter foi o refrescante copo d'água com gosto levemente estranho que colocou goela abaixo na quentura do dia.

Acordou aos poucos, com um pouco de frio e entorpecido. Percebeu-se nu e molhado. Uma pequena boia mantinha sua cabeça para fora da piscina onde seu corpo se encontrava mergulhado. Tentou gritar, a garganta ardia, ardiam os olhos e a pele formigava, apesar da moleza muscular.

– O senhor acordou, que felicidade. Bons dias temos nós pela frente. Eu fico imaginando o meu menino como estaria feliz hoje. Eu não havia mencionado ainda para o senhor? Não? Acho que esqueci. Meu menino adorava piscina, vivia pedindo que construíssemos uma aqui na nossa chácara. Infelizmente, o senhor teve aquele pequeno contratempo e nos deixou esperando sessenta dias, não é mesmo? Uma pena, uma lástima. Sabe aquele grande buraco que o senhor cavou? Pois é, o meu menino não tinha bem noção de que não era ainda a piscina terminada e, veja só, em uma noite, há mais de mês, perdemos ele de vista. Chovia muito naquela noite, chuva de dar medo! Mas não no meu menino, não, nele não. O encontramos algumas horas depois boiando na grande poça que este buraco inacabado se tornou. Uma pena, não é mesmo? Logo depois, minha esposa foi

embora me culpando por não ter exigido que o senhor tivesse acabado a piscina no tempo combinado. Veja só o senhor uma coisa dessas! O que podia ter feito eu se o senhor não respondia às minhas tentativas de contato? Mas não há de ser nada. Agora nós estamos aqui e o senhor vai me ajudar. Primeiro, vamos testar a cobertura.

E então homem apertou o botão correspondente e a cobertura começou a fechar-se. Ela fora montada de forma a deslizar por sobre a superfície da piscina, deixando apenas um espaço de poucos centímetros entre ela e a lâmina d'água.

Lemos tentou novamente alguma reação, mas seu corpo ainda não respondia com toda a força que possuía. Conseguiu mover-se até o último espaço descoberto da piscina e ficou ali, apenas respirando.

– Muito bem! Agora, o senhor vai me perdoar, mas, como lhe disse ontem, tenho estudado muito esse elemento maravilhoso que é o cloro. O senhor sabia que, dependendo da quantidade de cloro que eu colocar na água, a sua pele pode sofrer diferentes injúrias? Claro que tudo isso ainda é muito novo para mim, e eu selecionei alguns preparados um pouco mais corrosivos para acrescentar nessa nossa sopa caso o cloro não seja suficiente para causar os efeitos que eu tenho em mente. Acredito que o cloro é um pouco leve demais para a nossa brincadeira. A pele é um órgão maravilhoso, não é mesmo? Quanto tempo será que levaremos para removê-la quimicamente? Mas acho que o que me interessa mesmo é a questão da dor; quanto será que o ser humano consegue suportar numa situação dessas? Claro, tudo isso presumindo que o senhor não morra intoxicado pelos vapores cheios de cloro que essa piscina produz. Procure respirar devagar. Isso mesmo! Respire devagar que chegaremos longe! Bom, hora de fechar o resto da cobertura. Aguente bem que em breves momentos eu abro de novo. Não se preocupe, do jeito que eu organizei as coisas, calculei que temos sessenta dias para deixar esse nosso joguinho acontecer. Mas são só sessenta dias, não é mesmo? Míseros sessenta dias. Quase nada! Ninguém pode ser culpado por demorar sessenta dias para fazer qualquer coisa. Somente sessenta dias...

# INTERMORTE

– Puxa, tem cada louco neste mundo! – disse Ruth.

– O mundo é completamente louco – falou Lemos.

– Que histórias fantásticas as de vocês! – disse o rapaz que não era nem Bruno nem Lemos. – Coisa de livro.

– Talvez alguém se divirta com as nossas histórias se achar que são ficção, mas, pra quem passou esses horrores, garanto que não foi divertido. Eu mesma também tenho uma história muito estranha e quase inverossímil – disse a outra moça.

– Mas então conta pra nós – pediu o rapaz.

– Tá bom. Foi assim...

# MORTE 5

Apesar de já adulta, seria a primeira vez que ficaria sozinha em casa. Sempre havia morado com os pais e se acostumara a vê-los fixados naquele lugar. Os pais de Giovana não eram afeitos a viagens longas e muito menos a passar a noite fora de casa por quaisquer motivos. Mas Giovana tinha a vida movimentada de qualquer jovem adulta, ainda mais quando, há dois anos, havia tirado a carteira de motorista. Mas então os pais anunciaram que passariam um mês em viagem pela Europa, a tão sonhada viagem nunca antes revelada e para a qual pouparam a vida inteira. Ótimo!, pensou Giovana. Além de estar feliz pelos pais, poderia desfrutar de liberdade absoluta naquele mês inteiro.

Era uma casa de bom tamanho, apesar de ter só um piso, com sótão e um pátio pequeno nos fundos. Quando foi se aproximando a data da viagem, a garota começou a entender que todas aquelas advertências sobre cuidados e assaltos eram mais do que paranoia dos pais. A onda de assaltos nas redondezas era real e a preocupação era verdadeira. Não seria difícil ter a casa assaltada naquela quadra se as autoridades não tomassem alguma medida. Depois de muitas quase desistências dos pais e das milhares de recomendações, eles concordaram em efetivamente realizar a viagem. Assim que os "velhos" viajaram, Giovana tratou de fazer alguns preparativos. Colocou uma escada no corredor e acessou a portinhola que levava ao sótão. Desceu com um manequim masculino todo articulado que haviam herdado da avó costureira, cuja habilidade para a confecção de roupas era considerada mágica. Havia outro ainda, de silhueta feminina, mas, para seus propósitos, um já bastava. Vestiu o manequim com calça, camiseta, boné e sapatos, deixou a luz de um pequeno abajur aceso e a televisão no volume mínimo em um canal de programação ininterrupta. Pela fresta da janela que deixara propositadamente aberta, algum ladrão que se aventurasse de noite por ali veria alguém acordado assistindo à televisão e provavelmente desistiria de assaltar a casa. Pelo menos era isso que Giovana imaginava, julgando-se esperta e criativa.

Na primeira noite, dormiu tranquila, não escutou nenhum barulho nem acordou uma única vez. Assim se seguiram mais duas ou três noites.

No final da primeira semana, aconteceu algo sem explicação imediata, mas pouco preocupante. Giovana acordou sobressaltada com o ruído de algo caindo no chão. Dirigiu-se até a sala e encontrou o manequim caído a três passos do sofá. Achou estranho, mas, sonolenta do jeito que estava, deu uma breve conferida nas portas e janelas e arrumou o manequim na posição inicial.

Na noite seguinte, mais ou menos na mesma hora, ouviu novamente o barulho. Desta vez, encontrou o manequim um pouco mais distante do sofá, a seis ou sete passos. Era muito distante para que ele tivesse simplesmente deslizado pelo sofá e perdido o ponto de equilíbrio, como ela julgara da outra vez. Não dormiu mais. Arrumou novamente o manequim no lugar apropriado e decidiu passar o resto da noite acordada revendo algumas matérias da faculdade. Teve tempo suficiente para deixar que a mente interpretasse aquela situação das mais variadas maneiras, mas duas, particularmente, ameaçavam fazer com que passasse mais de uma noite em claro. A primeira e mais plausível, apesar de aterrorizante, era a de que alguém havia entrado na casa e esbarrado no manequim ou o derrubado propositadamente, talvez usando um bastão ou algo parecido, ao supor que o manequim era alguém que guardava a casa. E o suposto invasor poderia ter corrido, assustado, ao perceber o barulho que fizera e temendo que alguém chamasse a polícia. Quanto à outra noite, apesar da coincidência, talvez ela houvesse mesmo equilibrado mal o manequim e ele tivesse escorregado do sofá.

A segunda hipótese, apesar de inverossímil, era uma daquelas elucubrações que a escuridão e a solidão da noite nos suscitam: o manequim havia se movido deliberadamente nas duas vezes. Giovana, ao mesmo tempo em que sorria ao pensar nisso, sentia um horror absoluto ao deixar a imaginação levá-la para esse terreno perigoso. Foi até a sala e olhou com firmeza para o manequim sentado, como que para exorcizar a possibilidade de que o boneco fosse algo além disso. Era um rosto mal-acabado, um sorriso desbotado em que não se distinguia os lábios do resto da face. As maçãs do rosto um pouco salientes e um nariz reto, quase bonito, encimado por dois olhos negros sem pupilas aparentes. Quando estava assim, concentrada, analisando a fisionomia do manequim, ouviu um ronco estranho partindo do boneco. Seu coração chegou a ir até a boca com o susto. Ficou paralisada e, quando recobrou o uso do corpo, meio minuto depois, recuou dois passos sem tirar os olhos do manequim. O boneco pareceu mover-se ligeiramente e logo depois saltou bruscamente do sofá. Giovana correu dali olhando para trás e acertou o joelho na

quina de uma pequena mesa de centro. Talvez estivesse correndo até hoje se não tivesse desabado no chão e mantido o olhar fixo no manequim a tempo de ver sair debaixo dele um grande gato malhado que ela sabia pertencer à vizinha.

Começou a rir do ridículo da situação. Mesmo com o joelho doendo e com um pequeno corte, não pôde evitar de rir descontroladamente por um ou dois minutos. Agora estava claro o que havia acontecido. Havia esquecido totalmente daquele gato inoportuno da vizinha, já o havia pego mais de uma vez dentro de casa, e agora parecia que o bichano havia resolvido dormir naquele espaço apertado entre o encosto e o assento do sofá. Certamente havia sido ele que, nas duas noites, derrubara o manequim ao entrar ou ao sair do sofá, e, desta vez, Giovana teve a sorte – ou o azar – de presenciar o acontecimento, de ver o manequim saltando devido à raiva do gato de ver seu local de repouso obstruído. Assim que se recuperou do riso e da dor, fez uma vistoria pela casa e achou a rota de fuga e de entrada do gato. A basculante do banheiro sempre permanecia aberta, mas agora não mais. Giovana respirou aliviada por ter descoberto o mistério do manequim e sentiu a adrenalina indo embora. O sono pós-trauma, físico e emocional, começava a dominar sua mente, e ela logo foi atraída para a cama, na qual imaginou ainda ser possível aproveitar umas

MORTOS NA ESTOFARIA

duas horas, de forma a estar com uma cara mais ou menos decente no dia seguinte.

Passou um dia tranquilo. Acabou contando, em uma roda de amigos, o incidente com o manequim e o gato, e foi assunto para umas boas risadas e brincadeiras. Já nem lembrava mais da história quando posicionou o manequim no sofá novamente à noite, pouco antes de deitar-se. Resolveu conferir todas as janelas e portas, recomendação dos pais, e até mesmo a tal basculante que o gato usava como passagem foi conferida. Deitou-se e dormiu imediatamente. Teve um sono pesado até o meio da madrugada, quando acordou com algum tipo de mau pressentimento. Não conseguia lembrar o que estava sonhando, mas era um sentimento ruim, de desconforto e de sufocamento. Achou melhor fazer nova vistoria na casa e sair da cama para tomar um copo d'água.

Ouviu novamente o barulho. Tinha certeza de que o sentimento que deveria ter era o de medo; não havia possibilidade de aquele manequim ter caído novamente e somente um ladrão ou algo sobrenatural teria ocasionado a nova queda. Em qualquer das hipóteses, deveria sentir medo, mas sentiu indignação, ultraje. Não admitia perder outra noite de sono ou ser manipulada em seus sentimentos por alguma situação absurda. A ferida no joelho ainda doía e algo mais em seu ego também estava dolorido. Chegou à sala; o manequim estava mais distante do sofá do

CHRISTIAN DAVID

que das outras vezes, quase junto ao corredor. Pensou ter visto um leve tremor no que devia ser uma peça inanimada e foi recuando lentamente. Ouviu sobre si um ruído de dobradiça há muito fechada esforçando-se por abrir. Ainda na obscuridade da junção da sala com o corredor, viu os contornos de uma mão que saía por entre uma fresta da portinhola do sótão. Naquele momento, perdeu qualquer resquício de coragem e indignação que vinha mantendo, saiu desabalada em direção oposta ao sótão, tropeçou nas próprias pernas, caiu, bateu na mesma quina da mesa da outra noite, desta vez, porém, com a têmpora. Sentiu o sangue saindo como uma torneira, virou-se de bruços. Ainda esteve consciente pelos segundos em que assistiu ao manequim ser erguido, imóvel, ao sótão e desaparecer lá dentro.

Alertada pelos vizinhos, a polícia não tardou a chegar. Encontraram Giovana já sem vida, deitada com os olhos anormalmente abertos, olhando para o teto. A impressão dos policiais sobre o olhar de Giovana foi tão marcante que decidiram investigar seu alvo. Ao subirem ao sótão, não encontraram nada de anormal. Confundiram, por um momento, a silhueta de dois manequins com a presença de algum bandido, mas logo perceberam do que se tratava. Eram apenas dois manequins esquecidos em um canto, encostados, quase que abraçados, a pegar poeira naquele recôndito sem importância da casa.

# EPÍLOGO

— Outra história interessantíssima. De filme, de livro!

— Mas o senhor nem parece que morreu! Vibrando assim com a morte dos colegas! — disse Bruno, no que teve a concordância de Lemos.

— Nós aqui, relatando nossas tragédias, e o senhor, aparentemente, achando o máximo! Não deve ter sido boa pessoa quando estava lá do outro lado — objetou Giovana.

— Admito que não tenho tido a melhor das reações aos relatos de vocês. Mas o meu caso é especial. Estou prestes a transformá-los em imortais.

Dizendo isso, o sujeito saiu do canto mais escuro em que se encontrava e aproximou-se do grupo. Além de uma cor muito menos pálida, era impossível não perceber um brilhante fio de prata em suas mãos.

– Agradeço por todos os relatos e garanto que vocês serão lembrados por muitos anos. – E um intenso puxão no fio de prata levou o homem como que num raio para longe dali.

Às três da madrugada, um obscuro escritor acorda sobressaltado e suando. Levanta-se desesperado atrás de papel e caneta. Senta-se com calma à escrivaninha decrépita e passa toda a madrugada escrevendo histórias que não sabe de onde vieram, mas que parecem fascinantes.